KB208719

하물며 너에게야

하물며 너에게야

초판 1쇄 인쇄일 2025년 3월 20일
초판 1쇄 발행일 2025년 3월 28일

지은이 강명성
펴낸이 양옥매
디자인 송다희 표지혜
교   정 조준경
마케팅 송용호

펴낸곳 도서출판 책과나무
출판등록 제2012-000376
주소 서울특별시 마포구 방울내로 79 이노빌딩 302호
대표전화 02.372.1537   **팩스** 02.372.1538
이메일 booknamu2007@naver.com
홈페이지 www.booknamu.com
ISBN 979-11-6752-598-7 (03800)

하물며 너에게야

강명성 시집

책과나무

작가의 말

모든 시들은
꿈을 꿉니다

당신께

따스함으로
서늘한 한 줄기 바람으로
슬픔으로, 추억으로, 가끔은 허무함으로
다가가기를

그래서
당신의 지금이
조금이라도 더 소중해지기를

강명성

차례

2부   그때부터 시작이었지

3부   삶의 얼굴

4부　　　그리움 한 점

부록 |

시가
무엇을 해결해 주겠어요

알아요
나를 베려는 게 아니고
당신 지키려는 것이었다는 걸

내 영혼은 물에서 왔다

내 영혼은
물에서 왔으리라
사는 동안 멈추지 못한 것은
그 때문이리라
잠시 가던 길에 돌아본 적은
바위 덕분에 있었다

처음엔 가냘픈 영혼이었다
스스로를 감당하지 못해
부딪쳐 상처를 만들고
부서지며 흘러내려야 했다
돌멩이, 나뭇가지, 바람들의
내미는 손 많았으나
잡을 줄 몰라
비명 속에서 흘러내렸다

시야가 확 밝아지고

달빛 훤하던 날

나는 알았다

내가 노래할 수 있다는 걸

천천히 바위를 한 바퀴 돌며

쓰다듬을 수도 있다는 걸

햇살에 몸을 뻗어 빛날 수도 있다는 걸

가끔씩은 저 아래로 내려가

서 있을 수도 있다는 걸

더이상 비명이 아닌 나의 노래

그 노래에 바람도 귀 기울일 적 있다는 걸

오늘 말하기로 한 것

오늘은 시에게
기쁨을
희망을
말해야겠다

쓰고 나면
몇 번을 다시 되새기고
어루만져야지

기쁨과
희망을 빗질하는
오늘이 되겠지

그런데
절망을 말할 때도
그 너머엔 항상
희망이 있었어

안녕

입천장으로부터 혀를 떼며
'안녕' 할 때
떠오르는 생각들

괜찮아?
가까이 가도 될까?
원한다면 미련 없이 놓아줄게

시작이면서 끝인 말
언제든 따뜻하게 곁을 내주라는 말
언제든 가볍게 보내 주라는 말

오늘도 나는 너에게
따뜻하게
가볍게
안녕!

어린 나에게 고백하다

그때엔
네가 무엇인지 알지 못했다
너를 보면
온 창자가 다 아팠어

마당에 걸쳐진 빨랫줄처럼
너도 거기 있어야 할 무엇이기를
간절히 원했어

그 시간 속에 갇혀
아직도 고개 숙인 너
울지도 못했던 어린 나

수십 년이 지난 지금
이제사 나는 어린 너를 껴안는다
한순간도 변함없이 사랑했노라
채찍질하며 괴롭힌 것도
미숙한 나였노라

사랑하고 용서하며
너를 껴안는다

약력

몇 줄에
몇 장에
그 인생을 적을 수 있나
적어 낸들 그게
내가 맞으려나
아무리 생각해도 막막하여
그냥 이름 석 자 적었다

약속한 적 있다

어리석게도 꽃들에게
곧 다시 오겠다고 약속했던 적 있다
태백산의 들꽃들에게

그런데
살아 보니
이십 년도 길지 않았다

아버지

의지할 곳 없는 외로운 세상에서
빈손으로도 두려울 수 없었던
차갑고 강인한 얼굴

그 얼굴에 가려진
회한과 비애의 뒷모습을 보았다
그래서였나
삶의 고단함, 투박한 탄식마저
상처로 남았던 것은

말할 걸 그랬다

알고 있었다고

당신 여정에 또 다른 문은

모두 잠겨 있었다는 걸

당신 삶이 죽음보다

더 어려웠다는 걸

나와

얼굴 꼭 닮은 아버지

겨울 구곡폭포 빙벽 앞에서

땅을 사랑한
아름다운 하늘 한 조각
올라가기 싫어
그대로 얼어붙었나

메마른 대지에
우주의 오색빛을 뿌리는
눈부신 옷자락

조용히 귀 기울이면
사랑한 세상
그리운 고향
끊임없이 눈물 흘리는 소리

뭇사람

귀한 몸을 짓밟아 유린함은

운명을 거스른

벌이려가

나의 시

나는 종종 누워서 시를 쓴다
아침 해 뿌옇게 깨기 시작할 때
미안해하며
시를 이렇게 누워서 써도 되나

어떤 시인은 인생을 걸고
어떤 시인은 유서처럼
시를 썼다는데
나는 지구 표면에 등을 기대고
시를 쓴다
이렇게 편하게

미안해하며 쓰는 나의 시
매미 없는 매미 허물도 약이 된다는데
나의 시도 위로가 될 수 있나
뿌연 아침이 들어 있는
미안한 나의 시

다른 나

내 혼과 어울리지 않는
또 다른 내가 내 속에 살아요

내 혼은 언제나 위풍당당한데

또 다른 나는
눈 흘김 한 번에도 길을 잃는답니다

그렇게 괴로워야 할 일인가
상처는 애초에 나로부터 온 거라고
시간의 힘을 믿는다며

내 혼과는 다른 비겁한 겁쟁이
또 다른 내가 내 속에 살아
중력에도 멀미가 나요

늙어 가는 날의 단상

가슴속에선 불꽃이 일어
계속 활활 타라고 한다
아무것도 포기하지 말고
다 태워 재만 남기라고

약해져 가는 육신은
그만 내려놓으라고
자꾸만 끌어내린다

아, 불타는 욕망이여

너로 인해 살았는데
너로 인해 죽겠구나

가난

가난은
죄가 아니라 했는데

빈손인 너는
몸과 마음이 모두 아프다

죄 없이도
벌을 받네

시가 무엇을 해결해 주겠어요

당신의 유창하고 서늘한 말씀이
때로는 겨울바람 같아서
나는 감기 기운에 떨며 돌아와요

맑은 물가에 모여 앉아
재잘대며 웃어도
발장구 치면 뿌옇게 물 흐려지듯
마음 어지러워 현기증에 돌아와요

사랑한다 사랑한다 뜨거워도
불같은 열정에 데이고
날카로운 말에 베어
가슴에 피 흘리며 돌아와요

알아요

나를 베려는 게 아니고

당신 지키려는 것이었다는 걸

그렇게 상처 안고 온 날은

가만히 시집을 펼쳐요

시가 무엇을 해결해 주겠어요

따스해지고

맑아지고

평화로워질 뿐

북한산

성급한 칼바람

단풍조차 입지 못한 가여운 여자

사내는 등판에 체온을 실어

여자에게로 내민다

콸콸 막걸리 잔엔

자지러지는 산 그림자

빗물에 젖어 뚝뚝 눈물 흘릴 새

사내를 범하고

여자에게로 달려드는 바람

산을 마신 사내의

거칠고 단 숨소리엔

아황산가스에 씨도 말라 버린

아련한

원시 수컷의 냄새

21세기 인간의

펄떡이는 생명의 냄새

역시

북한산이다

외로운 사람

하얀 집에
'나'라는
외로운 사람 하나

냉장고를 열어
무와 파와 마늘과 임연수어를 꺼내지
외로움을 달래 줄 생강은 없어
뜨거운 흰밥에 짭짤 매콤한 생선 조림
외로울 땐 매운 게 좋아

설거지를 쌓아 놓고
서둘러 집을 나와
바쁜 일이 있는 것처럼

이제 집에는
외로운 사람
아무도 없어

고목

동네 언덕 위
쓰러져 가는 고목 한 그루
웅크려 지키는 온기 사이
아기 봄바람 휘리릭 지나갔다

반백 년 넘은 고목
실바람에 휘청이다
투박한 껍질 투둑 갈라졌다

갈라진 자국마다 쓰린 상처
뾰족이 솟은 푸른 피딱지

그 피딱지 뚫고
오늘 온 봄 햇살에
진분홍 꽃봉오리
얼굴을 내밀었다

감동이 없다면

흐르지 않는 것은
물이 아니고
빛나지 않는 것은
별이 아니다

잠시도 멈추지 않는 바람
한순간도 같은 모양으로
서 있지 않는 달처럼

모든 생명체는
떨면서
빛나고
나아간다

당신에게
떨리는 감동이 없다면

흐르지 않는 물처럼

당신은 이미 죽은 것이다

죽은 이에게 시간은

힘겹게 버텨야 할 허무

잠시는 허무와 친구가 될지라도

그에게 자주 곁을 내주지는 말라

고인 물은 곧 썩어 갈 것이니

딱 그때에

긴 그리움이 남았으니

이별하길 잘했네
불꽃같은 사랑
미지근해질까 봐
딱 그때에
딱 그대와

긴 만남에
그리움까지 재가 되었으면
무엇이 남았겠나

이런 일도 있다

기억으로 남는 게 두려워

아무것도 남기지 않겠다고

수십 년을 외며 살았는데

이제 와서 시집을 낸다니

이게 대체 무슨 일인가?

샌드위치

샌드위치는 어쩜

희망이라는 우유 식빵 한 장
기쁨의 치즈 한 장
슬픔의 양상추 연두 잎 두어 장
상큼한 욕망의 토마토 한 조각
헛바닥을 춤추게 하는 성취감의 두툼한 베이컨
놓쳐서는 안 되는 주인공 보드라운 사랑의 달걀
이별의 소스 약간
다시
희망이라는
우유 식빵 한 장 더

샌드위치는 어쩜

심장에는 사랑

위, 아래 희망으로 소복이 덮인

맛있는 삶을 흉내 낸 빵

작별에 실패했다

그때
내가 낳고도
나조차 이해할 길 없던
무겁고 난해한 시어들
유치한 동사와 조사들
모두 날려 버렸다

수치스러운 나의 한계와
작별하리란 결심에

떠나보낸 그들은 지금 어디에 있을까
아마도

상류로 향하는 연어들처럼
계절풍 거슬러 내게 오고 있는 중

가슴이 떨린다
더는 하지 않겠다던
말장난

나는

작별에

실패했다

겨울나기

1
뿌옇게 창이 밝아도
일어나기 싫은 날
밥 먹기도 싫은 날
그러나
시를 읽기에도
쓰기에도 좋은 날

2
엊그제 윗집 할머니가
세상을 뜨셨다
마당엔
할머니가 앉았던
할머니를 기다리는 의자
목수국 갈색 마른 꽃등불
밤새 켜서 조문한다

3

눈 온다, 정신없이
하얗게 핀 억새꽃 춤춘다

'흔들리는 것이
나의 운명이라면
이왕이면
얼어붙은 겨울 활짝 피어
눈보라와 더불어
죽기까지 춤추다 가리'

4
며칠간 집에만 있다
갈 곳이 없다
한겨울이 문 앞에서 기다리는데
내 안에만 갇혀 있는 시간
그것이 의미 있는지, 없는지는
알 길이 없다

5
일 년 중 햇볕이 가장 깊은 날
방 안에 들여놓은 제라늄
계절 없이 꽃 만발했구나
하얀 볕 속에
붉은 꽃잎 떨어져 눕고
토이푸들 그 옆에 눕고
마당엔 겨울이 한창인데

6

슬픈 날

눈이 왔으면 좋겠어

밤에

슬픔을

눈 속에 묻어 두게

아침 해는 따뜻했으면 좋겠어

눈 녹을 때 함께 녹아 버리게

또 슬픈 날

눈이 왔으면 좋겠어

적막한 밤에

슬픔을

꼭 끌어안아 주게

슬픔, 너에게도

온기가 필요해

7

어젠 밤새도록 싸웠다
싸운 뒤엔 온몸이 다 아프지
겨울엔 건망증이 심해져서
완전히 잊어버렸다
절대로
불면증과 싸우면 안 된다는 거

8

그 많던 뱁새, 참새, 까치들까지
모두 어디에 모여 있을까
소란하던 마당이 고요하다
가시만 남은 초라한 장미
마른 잔디 위를 부유하는
부서진 흰나비 날개 파편

9

나를 지켜보는 이가 있다

쌓인 눈이 햇빛에 반사될 때

측백나무 울타리들 사이에서

반짝하고 빛나는 그 눈을 보았다

눈에 묶인 날

그의 눈과 마주 선다

그 눈 속에 내가 있다

나를 그만 보내 줘

어제의 나를

10

하루가 지나갔을 뿐인데

곧 봄이 올 거 같아

오늘은 마당에 화초들

마른 줄기 모두 잘라 정리해야지

겨울에 꽃눈 만드는 수국은

이불 잘 여며 주고

삼색버들은 보름달 닮게

가지치기해야지

어제까지는 헌 해

오늘부터는 새해니까

시인들

노래하는 이는 시인이에요
감동을 선율로 부르는 이

춤추는 이도 시인이지요
격정의 시어 몸짓으로 푸는 이

눈물 흘리는 자도 시인이랍니다
꽁꽁 엉킨 시어를 뽑아내는 이

작은 것에 감동하는 이 역시 시인이지요
시인들의 꿈은 소박하거든요

떠나려는 자도 시인이에요
여행지에 꺼내 놓을 시어
가방에 골라 담지요

돌아가려는 이도 시인이지요
열차를 기다리며 지난 여정의 시들
다시 한 번 음미하는

류시화

그의 시를 읽다가
가슴에 얹고 잠들었더니
손가락에서 시가
뽀글뽀글
새어 나왔다

그는
가슴에
씨앗을 뿌리는 자다
시의 씨앗을

그때부터 시작이었지

바람이 몰래

봄을 꼭 안고 온 날

산수유는 가지 끝에

노란 봉오리를 물었지

오늘은 우수*입니다

마당 휩쓸고 다닌
겨울바람의 흔적 지우고

두터웠던 수국의 이불 벗겨
꽃눈 토닥여 주고

춤추다 쓰러진 억새꽃
짧게 가지 쳐서
새잎의 길 열어 주고

떠날 준비하는 철새들
작별 인사하고

바른 자세로 나 있는
메타세쿼이아 숲길에 나가
딱 알맞게 따스한 햇볕과
한나절 입맞춤하고
그 길 끝에 아직 열려 있는
겨울의 문 닫고

나오면서 삐걱대는
봄의 문 활짝 열어 주고

저녁이 내리는 시간에는

친구가 되어 준

동짓날의 무거운 고독과

목마른 땅 천천히 적셔 준

우수까지의 눈들에게

긴 편지 쓰기

* 우수: 24절기 중 두 번째 절기. 입춘과 경칩 사이에 있다.

여보세요

땅바닥만 보고 걷지 말아요
숨도 크게 쉬고
뒤도 돌아보아요

이방인처럼
그렇게 혼자 있지 말고

그래, 그래
그래서 몰랐구나
어느새 와 버린 널

아파트 창문 틈 사이로
불쑥 고개 내민 너

앗! 깜짝야!
봄꽃!

그때부터 시작이었지

바람이 몰래
봄을 꼭 안고 온 날
산수유는 가지 끝에
노란 봉오리를 물었지

그때부터 시작이었어
온 세상 초록물 든 게

겨울에 갇힌 어린싹들
딱딱한 땅 헤집고 나온 거
그 싹들의 소망 커질 때마다
온 세상 더욱 초록초록해진 거

그건 모두 꽃을 만나기 위해서야
꽃으로 만나기 위해
긴 겨울 잠들어 있던

씨앗들 깨운 거야
그래서 봄에는 얼굴이
모두 화알짝 꽃빛이야

너도, 옆에도
모두 화알짝 꽃빛이야

봄날에는 나도

단단한 땅 밀고 올라와
싹트는 힘찬 잎처럼
시작하는 청춘이고 싶다

하얗게 잊어버린
그대와의 처음 사랑
뜨거운 설레임으로 마주하여
그 마음밭에서 푸르게 깨어나
봄꽃처럼 피어 보고 싶다

봄물에 휘늘어진 버들가지
촉촉이 물오르듯
나도 그렇게

봄날이고 싶다

백합

한낮의 햇볕 모아
용쓰는 모습 보여 주기 싫었니

아무도 모르게 밤에만 자라
어느 날 새벽 갑자기
뾰족한 잎 몇 개쯤 달고는
땅에서 솟아올라
꼿꼿하게 서 있는 너

새벽빛에 잘난 척하려고
날씬한 몸매 뽐내며
곱상한 얼굴 쏘옥 뺀
도도한 그 모습

누구라 말은 못 해도
똑같구나, 똑같애
어쩌면 사랑스런 너 아니랄까 봐

봄맞이

겨울 안개 걷어 내는
봄 향기 가득 찼다

닫혀 있던 대문 활짝 열어
군둥내 밀어내고
바삭한 봄 불러들이시게

응달진 처마 밑
숨어 있던 고드름 떼어 내고
문 앞의 작은 길 깨끗이 씻어
환하게 마음 열어
봄맞이하세

꽃잔디 꽃나비 꽃바람은
마당으로 들어오시고
떠났던 그대 내 맘으로
성큼 들어오시게

벚꽃 지는 날

하얀 벚꽃 그늘
요 며칠 기쁨 주더니

비 온 후
발아래 연분홍 꽃 양탄자
활짝 펼쳤다

어디에 또 있을까
이렇게 아름다운 작별 인사

다시 올 봄날
그날도 오늘 같을까

그날에 나도
이렇게
피어 있을까

목련꽃

단 하나의 봉오리도
온 봄의 상징

겨우내
작은 꽃눈 속
티 없는 어린 날개
차곡차곡 접었다가

새하얗게 펼쳐
비상하는 새

길고 어두운 대지와의 입맞춤
피할 수 없는 운명에
죽도록 간절한 희망

하늘만 바라는
일 편 단 심

봄볕 쏟아지는 날

봄볕 쏟아지는 날
하얗게 이불깃이 널렸다

겨우내 축축했던 마음도
보송하게 말리려
마당 한켠에 앉으니
바람이 봄 내음 품에 안고 온다

찻잔 안에도 봄꽃이 숨어 있었네
차향에도 반해 버리는 날
네 웃음이 괜스레 눈부셔
꽃봉오리 본 듯 울렁거린다

모란꽃

바람 분다고
꽃잎이 그저 떨어지랴

짧은 꽃날 갈까 봐
서둘러 연두색 면사포 속
커다란 꽃봉오리로 달려와
붉은 입술 수줍게 열고도
입맞춤 한 번 못하고
노오랗게 애닳다가
그만 화르르 꽃잎 떨어지리

말 못 할 사랑에도 후회는 없어
꽃잎 떨어진 자리 새까맣게 말라
별이 되었어도
안타까운 그리움 끝내 놓지 않으리

당신이라는 꽃

그 작은 씨앗 속에서
그 좁은 꽃눈 속에서
긴 겨울을 기다리다
잠시 피었던 꽃의 생애를 들여다본다

아!
애통하지 않은 꽃 없겠다

아직도 아름다운 당신

당신처럼 오래 아름다운 꽃은
없구나

아까시꽃 향기

그림자 늘어지는 느지막 오후
뒷 산길에 오르려니
바람을 타고 오는 단 향기

바람은 목덜미에 서늘하고
향기는 가슴에 충만하여
몸서리치네

지난밤 안마당까지 밀려들어
단잠 방해하던 농농한 향기
소복소복 달린 하얀 꽃망울들
내 안의 환희엔 마음 없어라

이 바람 보내기 싫어

저녁 등 켜진 줄도 모르고

아까시꽃 넘실대는

산바람길에 서 있다

하물며 너에게야

들판에 망초꽃이 하얗게 피었다

몇 가지 꺾어 화병에 꽂으니
은은한 향기 일품이네

보잘것없는 망초에게도
귀한 향기를 주신 분

하물며
사색하고 기도하는 너에게야
가엾은 것에 슬퍼할 줄 아는 너에게야

섬초롱꽃

그대 오시는 길
행여 어두울까
세상 등불 다 밝혀요
걸음걸음마다
흙 한 줌 묻히지 마시라고
대낮처럼 불 밝히고 기다려요

걱정 말아요
그대 신에 묻은 흙 한 줌도
버릴 것 없는 사랑이라오
새벽이슬도 차갑지 않게
다홍빛 가슴으로 품으려오

앵초

작다고 사랑도 모를까
그저 앞꿈치만 들어도
내 사랑 보일 텐데

야속케도 당신은
나를 밟고
다른 이를 사랑하네

작은 것들

작은 것들은
모두 모여서 핀다

작은 것들은 그저 작아서
가만히 쪼그려 귀 기울여야 들린다

'나도 그대 눈길 받고 싶어요'

코딱지같이 작은 것들은
더더욱 모두
사랑스럽게 봐 줄 일이다

누군가에겐 나도
작은 것일 터

쪼그리고 앉아야 보이는
작은 것일 터

이슬

밤하늘의 은하수가
흥 많은 건들바람과 노느라
집에 가는 걸 깜박했다
거미줄에 강아지풀에 앉아
꼬박꼬박 졸다가
아침 햇살에 딱 들켰네

어! 눈부셔!

학교 가던 아이들
강아지풀 사이 쪼그려 앉았다
소복소복 강아지털 흩뿌려
아기 무지개 불러오고
방울방울 이슬에
꼬까옷 다 젖는다

어! 눈부셔!

아침 햇살도 실눈 뜨네

가을

어디에 숨었다 왔을까
이 맑은 바람은
서늘하게 머리칼 빗어 주며 묻습니다
지난여름 진정
뜨겁게 살았느냐고

방 안까지 쑥 들어온
햇볕도 묻습니다
축축했던 미련들 모두
바삭하게 말렸느냐고

노을빛으로 물들어 가는 저 산
가을물 뚝뚝 흐르는 단풍이 묻습니다
너의 가을도 이렇게
곱게 물들고 있냐고

발밑에 구르는 마른 낙엽들

버스럭대며 묻습니다

언제든 돌아갈

마음의 준비는 하고 있냐고

한 알의 씨앗은

오므린 손바닥에
꽃씨 몇 개 올려놓고
빈 마당에 섰다

하얀 눈발
겨울이 시작하는 시간

이 작은 한 알의 씨앗은
몇 송이의 꽃을 품고 있을까

차가운 겨울을 언 땅에서 보내야
비로소 눈 시리게 필 수 있는 꽃

모두가 꽃이 되지는 못하리라

긴 침묵의 계절을

기어이 살아 내야 하리

얼어붙은 흙

호미로 헤집으며

그 추웠던 나의 겨울

땅속의 온기를 더듬어 본다

꽃 지는 게 두려워

꽃 지는 게 두려워
피지 않을까

꽃잎 진 자리에 잎 태어나
풀무치 긴 여름비 피하고

꽃잎 진 자리에 열매 맺어
오목눈이 뱁새들 갈증 풀어 주고

무성한 잎 가을을 불러들여
그 바람에 떨어지고

새하얀 눈꽃으로 피어난 겨울
흰 눈에 찍힌 새들의 발자국

새들이 뱉어 낸 까만 씨앗들
눈꽃 바라보다 그리워진 봄꽃
어린잎 차곡차곡 접어 놓고
살찌우는 꽃눈들

잠시 머물다 간다고
어찌 꽃피우지 않을까

모두 기다리고 있다

그 많던 연꽃과 연잎은 어디 가고

겨우내 심장만 남긴 채

꽁꽁 얼어붙어

간신히 숨만 쉬던 연못

딱딱했던 연못 가장자리

어느새 물자욱 드나들더니

뽀골뽀골 숨방울 올라오고

저 아래선 톡톡톡

긴 잠 깬 누군가

세상을 두드린다

환하게 퍼지는 물동그라미들

겨우내 연못 지켜 낸
심장의 파동

얼음물 사이사이 모두
큰 숨 참으며 기다리고 있다

봄이
다시
오고
있다

수선화

모두가 깊이 잠든 겨울
일찍 깬 연보랏빛 알뿌리는
수없이 두드렸다
자기 키의 몇 배나 되는
얼음 땅 깨트리려

좁은 틈 사이
거침없이 팔 뻗어 기지개 켜더니
게으름 피우는 봄 잡아다가
종 울렸다

계절을 깨우는
노랗고 하얀 종소리
온 동네 구석구석 후미진 곳
모두 울리는 향기로운 종소리

화들짝 겨울잠 깬 씨앗들
눈곱 떼어 주는 종소리

꽃샘바람 가는 길
재촉하는 종소리

얼어붙은 눈물
눈물에 붙은 탄식까지
녹여 닦아 주는 종소리

초코푸들 Joy*

겨울 갈 때도
봄이 올 때도
함께 있어 주어서
고마워요

Joy!

* Joy: 필자의 반려견

삶의 얼굴

달콤하게 속삭이다가
얼음장처럼 차갑고
칼날처럼 날카로워
너는 내 사랑에 베어 피 흘릴 것이다

살아 있다면

배롱나무 눈 맞으며 서 있다
해마다 겨울이면
살아 있기에

다가올 여름
배롱나무는 품에 가득 안게 되리
햇볕보다 더 붉은
뜨겁게 빛나는 꽃잎들을

너도 그럴 것이다
살아 있다면
눈 속에서

지금의 삶

소녀 시절엔 궁금했다
서른 넘어의 생이 의미 있을까

이미 할 일 이상을 마치고
서른 즈음쯤 요절했던
많은 천재들

쉰 넘어의 생이
두렵기도 했다

평범한 나는
서른 넘어서
가장 많은 일을 했다

쉰도 훨씬 넘고 보니
지금의 삶도 제법 살 만하구나

무엇이든 되고 싶지 않았을까

옷장 속에 주르륵 걸린 옷들이라고
사연이 없을까

원피스가 예쁘다던 애인
그땐 꽃무늬 원피스만 샀지

'청바지가 어울리는 여자'가 유행일 때
그땐 청바지만 샀지

라켓을 멋지게 휘두르고 싶었던
그땐 운동복만 샀지

다홍색 꽃무늬 바지
그건 아마도
그땐 꽃이 되고 싶었나 보다

무엇이든 되고 싶지 않았을까

그때엔

아,

나만 몰랐을 뿐이야

나도 벌써 활짝 핀

꽃이었던 것을

고래들은

고래들은
새끼를 업고 다니며
평생 동안 온 가족이
함께 산다고 한다

기쁨도
슬픔도
높은 소프라노로
노래한다고 한다

사랑을 나누기 전
사람처럼 똑바로 서서
눈빛을 나눈다고 한다

하루에 200킬로미터 이상

헤엄치며 즐기는 고래

수명이 150년

사람과 교감하며

사람을 보호하기도 하는

어떤 고래들은 바로 설 수도 없는

폭 20미터 미만의 수조에서

일생을 갇혀 살아야만 한다지

외로움에 울면서

어딘가에선 인간들이

고래 떼를 해변으로 몰아

죽창을 들고

고래사냥축제를 즐긴다지

해변이 고래의 피로

붉게 물드는 것을

환호하며 즐긴다지

죽은 가족 옆을 영영 떠나지 못하고

통곡하는 그 울음을

다 그렇지

우리네 인생이 다 그렇지
고만고만한 사랑 이야기가 아니겠어
사랑마다 불꽃의 색깔은 달라도
사랑마다 뜨겁고 애닳지 않았겠어

우리네 인생이 다 그렇지
고만고만한 상처 이야기 아니겠어
사람끼리 부비고 사는 세상
부비다가 벗겨진 쓰린 상처
아물 날 있었겠어

우리네 인생이 다 그렇지
짓밟혀 납작하게 누웠다가도
밤새고 나면 흔들리며 일어서는
저 들풀들의 낮은 몸짓과
다를 바가 있겠어

노을

봄비 내려
연분홍 꽃비로
짧은 내 봄의 한 장
또 흘러갔다

죽음은 멀고
삶은 두려웠던 젊은 날
위로만으로 살아낸
가난했던 그날

꽃잎 떨어진 자리처럼
어느덧 흔적도 없다

아직도 스무 살 봄 언저리
기억 속의 너는 풋풋한 청춘

혼자 늙어 메마른
내 이마 위엔
저물어 가는 붉은 그늘

치과에서

거미줄 같은 균열로도
사정없이 흔들리는 날

사람들엔 무심해지면서
통증에는 예민해지는 날

깨진 어금니로
더욱 비뚤어지는 사각턱

품위도 반듯함도
포기해야 하는 날

깨지고 남은 부스러기도

움켜쥐어 사랑해야 함을

아프게 깨닫는 날

목적지에 다 왔는지

얼마나 더 가야 하는지

더욱 조바심 나는 날

바람에 부서지기까지

꽃잎, 너는
민들레가 바람에
홀씨 실어 보내듯
그렇게 가볍게
가지를 떠날 수는 없는가

꽃잎도 떨어질 땐
그 무게로 지구를 울린다

가지를 붙들던 손 휘저어
바람의 옷자락 움켜쥐고
흙에 완전히 닿을 때까지
몇 번이나 몸을 뒤치며

며칠 전부터 목수국 잎새 붙들고

석고상처럼 굳어 야위던 귀뚜라미

잎새와 함께 가지에서 떨어졌다

오늘 바람 더욱 무거워지겠다

한 마리 곤충도 바람에 부서지기까지

끝내 잡았던 잎새 놓지 않느니

손바닥

힘을 빼고 손바닥을 펴서 본다
바람이 지나는 빈 손바닥

한때는 움켜잡는 연습이 내겐 필요했다
무엇이든 잡아야 했으므로

그렇게 움켜쥔 부스러기 몇 개로
이제까지 살아졌는지 모른다

살 날이
산 날보다 길지 않다
곧
움켜쥔 손 펴서
바람에 민들레 홀씨 날려보내듯
가볍게 세상을 놓아야 하리

한 번도 날 붙잡은 적 없는 세상에게

괜찮다고

나를 잊어도 좋다고

마지막 자존심으로 내보여 줄

비어 있는 손바닥

어느 날의 단상: 참견하지 않기

꺼지지 않는 그의 알람도

내버려두기

산책길 등교하는 소년 소녀들

상소리 말고 풋풋한 내음까지만

거미줄의 영역에도

들어서지 않기

저울로 잴 수 있다면

죽음이

삶보다
더 무거울까

사람의 삶이

호랑나비의 삶보다
더 무거울까

꽉 붙들어요

네 삶을 꽉 붙들어
그렇지 않으면
넌
멀미가 나거나
튕겨 나가 떨어질 수 있어
지구가 초속 29.8킬로로
태양을 돌고 있거든
그것도 삐딱하게

과음해서 비틀거리면 큰일 나
지구는 팽이거든

남편

남편이 두 달 동안
여행을 떠났다

초코푸들 쪼이와 나만
남겨 두고

화가 났다
시원섭섭했다
오히려 가볍더라

그리고
외로워졌다

쪼이도
창가에 쪼그려
종일 대문만 쳐다본다

처음 여기까지 왔으니

아무것도 몰라
울면서 태어났지
철없어 반항도 하고
방황도 했지
처음 자식이 되었으니

뭣도 모르고 사랑만 했어
따라오라고
어느 길인지도 모르는 채
처음 부모가 되었으니

이젠 어른 되었다 싶은데도
여전히 낯선
처음 가는 여정

옆에서 함께 걸어 준 사람들
덕분에 여기까지 왔구나

이 길 끝나고
강 건너갈 땐
누가 함께 있어 주나

먼저 출발한 친구야
귀띔 좀 해 주게
누가
무슨 꽃 들고
마중은 나올 건지

당산역 10번 출구

9호선 당산역 10번 출구 5미터쯤
외환은행 옆 아파트 벽엔
어머니 같은 할머니가 앉아 있다

쪽파, 부추, 껍질 드문드문 벗긴 오이 몇 개
오늘은 비름도 한 무더기 쌓아 놓고 있다

고속터미널을 갈 때
두어 근쯤이던 부춧잎들
다녀올 땐 스무 근쯤 수북이 누워 있다

추석인데 누가 산다고…
그러게 오늘은 애기 엄마뿐이네

이천 원 어치를 많이도 담는다

거스름돈을 받으러 손 내밀지만
가슴은 그냥 가라고 쿵쾅거린다

주춤주춤 내려오는데
또 쪽파 껍질을 까고 있다
추석날인데 누가 산다고

고개가 자꾸 돌아간다 부추 더미로
값싼 동정도 용기가 있어야 하는 것을

모든 것을 안다는 표정으로
어여 가라며 자꾸 손짓을 한다
할머니가

삶의 얼굴

나는 여러 개의
가면을 갖고 있다

봄바람같이 부드러운 얼굴을
나라고 믿어선 안 된다

천둥과 벼락같은 열정을
서늘한 가을날의 우아함을
침묵에 빠진 겨울 속의 나를
때로는 발견하게 될 터이니

그러니 나의 사랑이
한 가지 얼굴이겠는가

달콤하게 속삭이다가
얼음장처럼 차갑고
칼날처럼 날카로워
너는 내 사랑에 베어
피 흘릴 것이다

그러니 나의 삶 또한
어찌
한 가지 얼굴이겠는가

병실에서

나보다
스무 살도 더 어린 네가 누워 있다
기적을 기다리며

널 보는 게 미안하다
살아 있음의 황망함이여

드럽게 빠른 날

겨울옷 드라이를 맡기러 갔더니
세탁소 주인장께서
날짜 드럽게 빨리 가네

더디 가면 드럽게 늦다고 하실 거잖아요 했더니
한숨같이 웃으며
돈도 못 벌고 날짜만 가잖아요

드럽게 빨리 가는 시간을 따라가려
사거리 신호등에서 전력 질주를 했다
숨이 턱에 차서 도착했지만
열차는 코앞에서 떠났다

…드럽게 빨리 갔네

억울할 거 없다

내일의 생사를 모른다고
억울해했었지
하루살이라나

어제 찬 서리 한 번에
마당의 꽃들 모두 고개 숙여 버렸다
채 피지도 못한 탐스런 봉오리도

그러니 나는
억울할 거 하나도 없네

소망

과체중이었던
나의 삶
시와 음악과 웃음이
감량을 도왔다

나의 죽음 역시
가볍기를
가볍기를

11월

몇 계절을 지나는 동안
애써 차려입은 오색 단풍들
맥없이 흩날린다
듬성듬성한 가지
곧 알몸만 남으리

다가올 길고 어두운 시간
화관도, 보석 목걸이도,
화려한 드레스도 모두 벗고
벌거숭이로 지나야 하리

뒹굴다 부서지는 낙엽
생각 없는 새는 철없이 지저귀고
물기 없는 눈에선 눈물이 난다

잘 가거라

화려했던 계절

국화, 구절초, 마리골드 무리들

나의 예순다섯 번째 11월이여

군고구마 청년

동지바람 맞으며 서 있는
군고구마 청년

쌓아 놓은 군고구마들 옆에
동치미도 한 통

고구마랑 먹으면 맛있어요
그냥 드려요
이렇게라도 해야 팔릴 거 같아요

뜨끈뜨끈한 고구마 한 봉지
동치미도 한 봉지

다디단 고구마
그 청년의 내일도
그랬으면

오늘 숙제

최소 팔천 보는 걷기

줄넘기 이천 번

스쿼트 백 번

아령 세 세트씩

잠자기 전 스트레칭 사십 분

하루에

딱 하루치만 늙어야지

네 잎 클로버

엄마는
꽃을 좋아하는 줄 알았는데

들판에 나가면
꽃보다 클로버를 좋아하셨지
클로버밭에 쪼그려 앉은 등이
꽃보다 더 둥그랬었지

기어이 찾아낸 네 잎 클로버
내 손에 쥐여 주고는

눈가의 주름 쪼글하게 웃었지
들꽃 같은 얼굴로

엄마는
꽃을 좋아하는 줄 알았어

도둑맞았다

칠흑 같은 새벽
건너편 방에 불이 켜지고
소리 없이 문이 열린다

열어 놓은 문 사이로
둥그런 엄마 모습
아주 천천히
한 걸음씩 발을 옮긴다

화장실 문을 열고
문을 닫고
물을 내리고
다시 문을 열고
문을 닫고

방으로 들어가
불을 끄고
누우실 때까지가
당신의 여정만큼 길다

모난 데라곤 없는
낮고 둥그런 실루엣
겸손하게 고개 숙인 실루엣
칠흑 같은 어둠 속에 오래 남아 있다

도무지 이해할 수가 없다
발 빠르고 날렵하던 그분은 어디 가고
언제 저렇게 낮고 둥글어지셨는가

아뿔싸,
젊은 엄마를
도둑맞았다

그리움 한 점

내 여름 하늘에 떠 있는
'너'라는
흰 구름 한 점

그리움 한 점

맑은 하늘에
타는 햇볕 가려 줄
구름 한 점은 있어야지

너른 바다에
외로움 달래 줄
작은 섬 하나는 떠 있어야지

마음에도
그리움 한 점은 있어야지
척박한 마음 촉촉이
적셔 주는 그리움

내 여름 하늘에 떠 있는
'너'라는
흰 구름 한 점

그 짧았던 순간

한 사람을 만나기 위해
가슴 떨며 기다려 본 지
얼마나 되었나

문 열릴 때마다
온몸의 감각 곤추세우고
문밖의 스쳐 지나가는 바람도
그 사람 마음일까 헤아리며
몇 분 뒤 함께 마실 커피를 또는
다른 어떤 것을 상상하며
문이 열리고 그가 들어올 때
커피숍이 우르르 흔들리고
번개가 번쩍이던

참을 수 없이 길었던
그 짧은 순간

사랑은 연습이야

고통만 바라보던 내 시선
당신에게로 향하는 연습

그 시선
내 안으로 되돌리는 연습

나와의 전쟁 끝내고
공존하는 연습

어제의 나
꼭 껴안아 주는 연습

내가 떠나는 것은 당신 아닌
녹슬어 버린 과거의 시계

내가 버리는 것은 나르시시즘

당신 사랑한다며

사랑에 빠진 나를 사랑하는

더 이상

사랑을

소유하지 않으려는 연습

물과 숲과 나

물은 내 숨결 듣느라고
나는 물소리 듣느라고
숲은 부스대는 나로 인해
끝내 깨어 날을 샙니다
새벽은 멀찍이 서 있고
별은 수줍게 고개만 내밀어
노곤한 여행자의
짧은 휴식을 재촉하네요

뜨거운 여름낮 내내 따라다니며
더위를 식혀 준 감사한 물이
쉬는 걸 보고야 잠들려 했더니

갈잎

무심코 열어 본 시집
언젠가 넣어 두었던
갈잎이 툭 떨어졌다

그때도 이렇게
아름다웠나

은행잎, 단풍잎, 감잎
지나간 추억들로 아직 뜨겁다

갈피마다 생생한
그 계절 바람의 향기

추억 속의 예쁜 당신
부스스 기지개 켜며
깨어나고 있다

너

네가 선 곳에 나도 서고
네가 보는 것을 나도 보고
너의 손안에 내 손을 넣고
너의 어깨에 머리를 기대는 상상

너는 말해도
그저 웃기만 하는 나
네가 침묵할 때
내 귀를 울리는 소리
쿵쿵
쿵쿵

나는
너에게 설렌다
아직도

낙엽

그리움을 가슴에 묻어 두고
세월을 잊고 살았더니
까맣게 씨앗으로 영글어
노래로 피어났다
노곤에 늘어진 나를 깨우네

그리움으로
오히려 행복했노라고
그대도 나처럼 평안하시냐고
낙엽 편지 소슬바람에 실어
하염없이 날려 보낸다

가을 숲으로

숲길이 오색 드레스를 입었습니다
화려한 파티의 여인처럼

수줍은 듯
유혹하려는 듯 바람에
드레스 자락 펄럭입니다

아, 나는 몇 번이나
아름다운 가을 숲의 여인을
만날 수 있을까요

손으로 꼽아 세어도
너무 부족하여
오늘도, 내일도
숲으로 가겠어요

사랑 이야기

사랑은 이생에 켜켜이 쌓인
시간의 그늘이 아닐는지요

서로에게 내어 준 시간들
비바람 눈보라와 곰삭아
추억이 되는 것을
부둥키다 무르익어
숙명이 되는 것을

어둠이 내려앉는 길
저기 자전거 타고 오는 당신
짧은 봄날처럼 아쉬워서
사랑하지 않을 수 있나요

잘 지내시죠?

오겠지 하던 이는 안 오고
만나자던 이 소식 없는
쓸쓸한 날
숲길을 씩씩하게 혼자 걸었다

겨울 숲을 지키며
서 있는 나무처럼
나도 그렇게 나의 날을 지켜야지

발소리를 쿵쿵 내며 숲길을 걷다가
메마른 낙엽 위
혼자 뛰어다니는 까치에게
큰 소리로 말을 건다

안녕하세요?
잘 지내시죠?

불러 본다

봄이 왔다
꼿꼿하던 겨울이
기운 빠져 물렀더니

여름도 곧 왔다
허약한 봄은
바통 빨리 넘기고 싶었다

기운 센 여름
떠날 기미 없더니
콧바람 훅훅 불어 가을을 불렀다

부르면 잘들 오는데
나도 불러야지

보고 싶은 사람아!
너도 와라

바나나

나 열 살쯤 어린아이였을 때
병약한 막내에게만
딱 한 개 쥐여 주었던 바나나

병아리보다 더 고운 노란색
껍질 속의 벨벳 촉감
낯선 열대의 향기에
나도 입 짧은 막내가 되고 싶어
끙끙 앓았지

그때까지 본 중
가장 귀하고 비싼 몸
구경만으로도 황홀했어

노오란 여왕님 몸값이 어느새

사과보다 감보다 낮아지셨네

껍질 속 열대의 향기

더 이상 낯설지 않고

예닐곱 손 바나나 눈앞에 두고

벨벳 촉감 언제든 즐기지만

바나나를 베어 물 땐

여전히

어린 시절처럼

황홀하고 호사로워진다

당신, 기다리나요?

왜 전화하지 않느냐고
기다리나요, 당신?

당신 잊어서가 아니죠
매일 아침 창가에서 조잘대는 참새들이
당신 소식 전한답니다
내 소식은 꽃에게 여름비에게
낙엽에게 실어 당신께 보냈어요
어제 내린 눈발에게 들으셨지요?
배롱나무에 겨울옷 입혔다는 이야기

왜 오지 않느냐고
기다리나요, 당신?

재회의 기쁨은 와락 한 번에

이별로 가는 수백 번의 발걸음은

느리고도 쓸쓸하지요

하지만 그 때문도 아니죠

매일 연습하는 당신과의 만남으로

기쁨은 이미 수천 번이에요

다가올 모든 이별의 쓸쓸함을

넘어 버렸답니다

변해 버린 모습

낯설까 봐 두렵냐고요?

당신은 정말 모르시나요

수없이 그리고 그리면

그 모습 다시 태어나

시간 속에서 온전히

나로 된다는 걸

두려운 건

우리 사랑의 상처랍니다

당신 쓰다듬고 입 맞추다

뜨거운 내 입술 그 흔적에 닿으면

당신은 얼마나 고통스러울까요

그 상처 덧나

더 아픈 흉터로 남겠지요

그래요

어떤 사랑은

상처를 남기고

어떤 상처는

영원히 아프답니다

고추잠자리

가을바람 핑계 삼아
노란 국화 콧등 어루만져
그윽한 향기 온몸에 묻혀

소리도 없이
끝없이 날갯짓한다

기약 없는 이별
아쉬웠나

장대 끝에 둥둥 떠서
돌았다 다시 오고
돌았다 다시 오고

쪽빛 하늘에
불붙는 잠자리야

추억을 세다

햇볕 따스한 창가에서
반짝이는 나뭇잎 세며
추억을 세어 본다

작은 가슴에 많기도 하여라
소박한 사랑과 이별들

추억 한 자락에 시 한 편
추억 한 자락에 노래 한 곡
추억 한 자락에 기꺼운 눈물 한 방울

그때도, 그대도, 애틋한 마음도
시가 되고 노래가 되었다

어디 갔을까

작은 마당 한 귀퉁이
굵은 줄기 소담스런 함박꽃
아침마다 시끄럽게 불어 대던 나팔꽃
뽐내며 얼굴 치켜든 도라지꽃
뾱뾱대며 돌아다니던 병아리
이슬에 젖어 겁 없이 기던 달팽이

야, 야, 밥 먹어라
손톱이 없어지도록 사랑했던 공깃돌
그 돌 집어 던지고 달음질치던 골목엔
가득하다, 가느다란 굴뚝의 밥 짓는 냄새
내 발목을 핥으며 사랑한 누렁이

두 손에 양과자 사 들고 들어오시던 아버지
막걸리 한 사발에 불그레 행복하시더니
세상 떠나시는 길엔
옷고름도 못 매고 가셨네
악쓰며 울어 대던 계집아이
머리 감기던 우물가
어머니의 매운 손맛은 아직도 쌉싸름한데

나만 두고 모두들 어디 갔나
꽃들도, 누렁이도, 아버지도,
그 골목 달음질치던 아이들도

너도 그리웠구나

낯선 골목 끝
마주친 노을이
내 머리채를 잡아끌었다
순식간에 머리칼에 시뻘건 물이 들었다
이토록 뜨겁고 깊은 붉음
변화무쌍한 붉음을 보았던가

잊을 수 없는 것들이 있다
예고도 없이 왔다가
영원히 떠나가는

오늘 낯선 노을
첫사랑
그 친구

아!
어여쁜 그 아가

꺼지는 노을 속
나는 보았다
스쳐가는 흰나비 한 마리
어렴풋한
팔랑이는 아가 손

아가야,

너도 그리웠구나
너도 그리웠구나

어느 방향에서 걸어도

새해가 오니
곧 봄 올 거 같아

당신은 그렇게 말하고
겨울에 잠긴 마당에서
화석이 되어 매달려 있는
국화꽃 마른 줄기를 잘라 냈지

마른 꽃도 이렇게나 예쁘지

가느다란 손가락으로
잘린 꽃줄기 쓰다듬었어

국화 옆에 꽃도 없이 매달린

민트풀 마른 잎새들

그 줄기 자를 때 화한 향기

온 마당에 가득 찼어

겨울 한가운데 일렁이는

지나간, 다가올 계절의

달콤 청량한 향기

흠흠대며 향기를 먹는 당신

당신도 그렇겠지

떠난 후에도 화석처럼 모습 남을 테고

떠난 후에도 향기 그윽이 남을 테고

나는 섬이니까

당신이라는 산을 품은

어느 방향에서 걸어도

당신에게 갈 수밖에 없는

꼭 안고 가야지

나 떠나는 길엔
고운 기억만 한 아름 안고 가야지

바알간 우리 아가 처음 만난 날
비바람 딛고 살아 냈어도
해맑은 당신의 웃음
섬초롱꽃 느티나무 그늘로 반겨 주는
아름다운 세상

그립고 그립다
아련한 울 엄마 젖 냄새

그 고운 기억만

꼭 끌어안고 가야지

정애련 작곡가의
한국신서정가곡이 된 노래시

정애련은 스스로의 작품을 '한국신서정가곡'이라 명명하는 확실한 방향성을 가진 작곡가이다. 100년의 역사를 지닌 한국가곡의 맥을 이으며 새롭게 변화하는 시대정신과 걸맞은 한국신서정가곡을 통해 인생의 깊은 곳을 논하고자 한다. 몇백 년이 지나도 사람들의 가슴속에 살아남는 클래식의 힘을 믿으며 그런 가곡을 꿈꾸는 작곡가 정애련, 그의 곡들은 한없이 깊지만 무겁지 않고, 뜨겁지만 쉽게 식지 않는 위로를 준다. 그래서 마치 여러 번 읽을 때마다 새로운 좋은 시처럼, 찾아 들을수록, 반복해 들을수록 그 기품에 빠져든다. 음악적 철학자인 그의 곡들을 독자들도 찾아 들어 본다면 새로운 감동을 만나게 될 것이라 생각하여 부록으로 노래시를 싣는다.

단향*

밤새 비가 내리는데
님이 오셨네
너무 좋아 눈물이 났소

눈물 닦을 겨를 없이
입맞춤하시네
주름진 얼굴 예뻐라 보듬고
인고의 세월 잘 보냈다
위로해 주시네

그래, 그랬지
고난도 기쁨이라 아픔도 사랑이라
그리 여기며 그 길을 지나와
오늘 님을 만났네

따라갈 걸 그랬소
서두르는 님보다 더 서둘러
맨발로라도 따라갈 걸 그랬소
새벽 오는 소리에 가시는 걸 알았으면서
어찌 늘 지나고 후회하나

꿈이라면 또 어떻소
일장춘몽이라도
님을 만나 다행인걸

다시 오시는 날
내 꼭 따라가려고
댓돌 위에 꽃신 내놓고
벼르고 있소

* 단향: 비단 향기처럼 아름다운 인생의 순간들을 의미

편지

산등성이에 앉아
멀리 떠나는 열차 바라보며
너를 생각해

저 열차 타고서 네게 갈 수 있다면
보고 싶은 너에게 갈 수 있다면

깍지 손 간질이며 함께 속삭여 걷는 길
하얗게 물결치는 망초꽃도
내겐 보이지 않겠지

너와 보듬고 앉은 바스락 풀덤불
은하수 별똥별 내리고
세상엔
우리 둘만 있을 거야

너에게 갈 수 있다면

사랑

사랑
나 너를 만나 뜨거웠으나
언제 외롭지 않은 순간 있었던가

내 간절함이 너를 밀어냈음을 알기까지
만 번의 천둥과 만 송이의 낙화가 있었으리

나는 미리 알 수 없었으리
아우성치던 나의 불꽃
너의 심장 얼어붙게 하였음을

혼신을 바쳐 사랑하고픈
너의 무릎에서 죽어 가고픈
그래도 다가갈 수 없는 사랑이여

나 너를 만나

외롭지 않은 순간 있었던가

그리움 실어 밤비 내리다

아무도 모르게
네가 오는 소리

겨울 감나무 같은 가슴을
소복이 적시면서

그리움 사무쳐 걷다가 뛰다가
호도도독 달려들어
메마른 내 가슴을 적시는구나

긴 어둠 속에
애달은 달음질로 다가온 네가
아무도 모르게
그립다 그립다 내 귀에 속삭여서

새벽은

쉬이 오지도 못하고

저만치서 바라보고만 서 있다

고백

그대를 만나고 돌아오는 길에 처음 외로움을 알았죠

못다 한 말은 왜 그리 많았고
발걸음은 왜 또 그리 무거웠을까

그대 목소리에 취해서
새소리 물소리 달큰한 바람마저도
모두가 처음이었죠

그대는 아셨을까요
텅 빈 내 마음 벅차오른 걸

어느새
그대 슬픔까지
나의 길 등대가 되었죠

나란히 걷는 길에
더 이상 어제의 나는 아니죠

그대에게 흠뻑 취해서
새소리 물소리 달큰한 바람마저도
모두가 처음이었죠

비 개인 파란 하늘
뭉게구름 피어오르듯

텅 빈 내 마음 벅차오른 건
그대가 처음이었죠

꽃잎은 바람에 날리고

내 안의 작은 뜨락에
넝쿨장미 한 그루 심었습니다

넝쿨장미 우거진 붉은 꽃그늘 아래
참 그윽한 그곳에
오직 당신을 위한 자리
펴 놓았습니다

은쟁반에 포도주 가득 따라
곱게 얹었습니다

세월의 흔적 속에 먼 길 돌고 돌아
하얗게 빛바랜 그대라도 오실 때까지

바람에 향긋한 꽃잎 내려앉으라고
넝쿨장미 휘휘 감아
올렸습니다

가을빛 담쟁이

아름답다고 생각했는데
슬픔이었네

타는 사랑이라 알았는데
떠나기 싫은
몸부림이었네

부여잡은 손가락
핏물이 들도록
그리도 이별이 힘들었나

눈물이 서리 되어
붉은 잎새에
내려앉았네

12월

바람에
휘날리는 눈발처럼
그만 길을 잃어버렸다

가다 보니 어느덧 종점

추억도 그리움도 모두
이제는 안녕히

차 한 잔의 위로도
얼어붙은 불면의 밤

휘청이는 마음 기대라고
고독이 등을 대 준다